Odette de Barros Mott

De onde eu vim?

Suplemento de atividades

elaborado por Janaina Tiosse de Oliveira Corrêa

ilustrações de

Rogério Borges

Nome: ______________________________________

Escola: ____________________________ Ano: ______

De onde eu vim? *traz uma história sobre a família, o amor e a amizade. Rogério descobre que é filho adotivo e Paulo, com sua surpreendente história, irá ajudar muito o amigo.*

1 Quando Paulo começa a olhar os álbuns de família, buscar sua origem e desconfiar de sua adoção, ele se pergunta: "Nasci ou apareci?".

a) O que Paulo estava tentando entender com essa pergunta?

____

____

____

b) Existe diferença entre filho "da barriga" e filho "de coração"? Explique.

____

____

____

2 Por que Paulo resolveu ajudar Rogério a compreender sua condição de filho adotado?

____

____

____

3 Associe os trechos do livro aos sentimentos dos personagens.

(a) Médico para Inês: "O que você viu, Inês, é o reflexo de seus olhos cheios de carinho nos olhos dele".

(b) Paulo para Chodo: "Ele tem mais dois irmãos menores, agora tá achando que os pais, principalmente a mãe, tratam ele com diferença; em qualquer briguinha dão preferência para os menores. Que os irmãos são tudo na casa".

(c) Paulo para Rogério: "Foi assim como um raio, a ideia veio e quebrou tudo dentro de mim. Um dia, vi um raio cair num pinheiro e rachar a árvore de alto a baixo. Aconteceu assim comigo, quando vi, já sabia e tava rachado. Parecia que nunca mais ia endireitar nada, nada! Então, fiquei outro".

(d) Rogério para os pais: " [...] sou filho do amor, não sou? [Paulo] me disse assim que vale até mais do que ser da barriga. Mamãe, o Paulo contou que a mãe dele fala que ela foi escolhida pra ser mãe dele, você também e o papai foram escolhidos pra serem meus pais! — e havia alegria e paz na sua voz".

(e) Paulo para Rogério: " [...] sério, emburrado, querendo dar murro em todo mundo. Quando a Sílvia veio falar comigo, empurrei ela, dei um tapa na pobrezinha da Ester, mandei as duas calarem a boca e tapei os ouvidos com as mãos pra não ouvir mais nada".

( ) Desilusão ( ) Compreensão ( ) Raiva
( ) Amor ( ) Ciúmes

4 Ao contar a história de sua vida a Rogério, Paulo falou sobre o acidente que sua mãe sofrera no passado que quase a deixara sem andar, e também falou sobre sua rápida recuperação. Enquanto Inês e a avó de Paulo acreditavam que a situação havia se resolvido pela força de um milagre, Chodo acreditava que a grande força de vontade de Inês a fizera voltar a andar.

a) Pesquise o significado de *milagre* e o significado de *força de vontade*, escrevendo o resultado de sua pesquisa nas linhas abaixo.

____

____

____

____

b) Em sua opinião, o que fez Inês recuperar-se do acidente foi *milagre* ou *força de vontade*? Justifique sua resposta.

____

____

____

5 Enumere as passagens abaixo, ordenando-as conforme a história do livro.

( ) No sítio, Rogério arrepende-se de seus atos e pede para Chodo levá-lo de volta para casa.

( ) Rogério começa a maltratar os irmãos e a achar que seus pais não gostam dele, pois é filho adotivo.

( ) Paulo e Chodo conversam sobre a situação de Rogério, colega de escola de Paulo, que descobriu que é filho adotivo.

( ) Paulo conta a história de sua vida para Rogério, para fazê-lo entender que ser filho adotivo vale tanto quanto ser "filho da barriga."

( ) Rogério foge de casa e vai refugiar-se junto à família de Paulo.

( ) Giovani e Dinorá conversam com Rogério sobre o amor que sentem pelo filho, independentemente de ele ser adotado.

6 Qual é sua opinião sobre adoção? É importante? Por quê?

____

____

____

7 Você acha que as formas como Paulo e Rogério descobriram ser adotados foram da maneira ideal? Como você acha que os pais devem contar aos seus filhos adotivos sobre sua origem?

____

____

____

De onde eu vim?

Dados Internacionais de Catalogação na Publicação (CIP)
(Câmara Brasileira do Livro, SP, Brasil)

Mott, Odette de Barros
De onde eu vim? / Odette de Barros Mott ; imagens Rogério Borges. — São Paulo : Editora do Brasil, 2009.

ISBN 978-85-10-04639-8

1. Literatura infantojuvenil I. Borges, Rogério . II. Título.

09-05580 CDD-028.5

Índices para catálogo sistemático:

1. Literatura infantojuvenil 028.5
2. Literatura juvenil 028.5

© Editora do Brasil S.A., 2009
Todos os direitos reservados

Texto © Odette de Barros Mott
Ilustrações © Rogério Borges

Direção-geral
Vicente Tortamano Avanso

Direção executiva
Maria Lúcia Kerr Cavalcante Queiroz

Direção editorial	Cibele Mendes Curto Santos
Edição	Felipe Ramos Poletti
Coordenação de artes e editoração	Ricardo Borges
Coordenação de revisão	Fernando Mauro S. Pires
Auxílio editorial	Gilsandro Vieira Sales
Revisão	Camila G. Martins e Dora Helena Feres
Diagramação	Regiane de Paula Santana
Controle de processos editoriais	Marta Dias Portero

2ª edição / 11ª impressão, 2023
Impresso na Gráfica Plena Print

Rua Conselheiro Nébias, 887
São Paulo, SP – CEP: 01203-001
Fone: +55 11 3226-0211
www.editoradobrasil.com.br

Odette de Barros Mott

De onde eu vim?

ilustrações de
Rogério Borges

Editora do Brasil

1

— Pai...

— Que é, Paulo?

— É isso, pai, eu tenho um colega, o Rogério, que não é feliz.

— Nossa! Por quê? Quantos anos ele tem?

— Ele tem dez anos. Não é meu colega de classe, mas a gente se dá bem. Fazemos educação física juntos e nós dois praticamos judô. Ele esteve aqui no meu aniversário, você se lembra, pai? É aquele loirinho que ficou comigo depois que a festa acabou. O pai dele atrasou um pouco. Vinha do trabalho. Nós brincamos umas duas horas no meu quarto.

— An... já sei quem é. O pai entrou e conversou um pouco comigo, é dono de uma retífica.

— Esse mesmo.

— E por que ele não é feliz?

— Você tem tempo?

— Estou às suas ordens! — E risonho, mostrando boa disposição: — Ao seu inteiro dispor — põe de lado o teclado do computador e vira a cadeira giratória para o menino, que se senta na ponta da mesa, frente a frente com ele. — Vamos, pode começar.

— Sabe, pai, esse meu amigo tá muito infeliz porque soube por uma empregada que ele não é filho biológico, é filho adotivo.

— E daí? — os dois se olham profundamente e há compreensão, amor nesse encontro de olhar.

— Ele tem mais dois irmãos menores, agora tá achando que os pais, principalmente a mãe, tratam ele com diferença; em qualquer briguinha dão preferência para os menores. Que os irmãos são tudo na casa. Ele disse que já vinha notando essa diferença; outro dia Rogério queria ir na casa de um colega e a mãe não deixou, dizendo que ele precisava ficar com os irmãos.

— Quantos anos têm os irmãozinhos do seu colega?

— Um tem seis anos, o outro, cinco, pai.

— Seis e cinco anos?

— É...

— Pouco, não, filho? A diferença é grande, quatro anos. É natural que sejam tratados com mais cuidado, são crianças. Seu colega já é quase adolescente. Vai ver que ele está com ciúmes e começa a imaginar diferenças. Elas existem mesmo, mas devido à diferença de idade. Os dois são bem menores, precisam de mais atenção. Só agora ele está notando essa diferença, somente depois que lhe contaram? Isso é importante saber ao certo.

— Isso não sei, pai.

— Sabe, meu filho, às vezes a desconfiança nasce antes de qualquer sentimento. Ciúmes, depois uma grande insegurança e aí começa a encucar: eu não sou filho da barriga da minha mãe como os outros, ela gosta mais deles. É isso aí, e logo a desconfiança cresce, aumenta. É preciso fazer ele compreender que essa incerteza não deve existir e ele precisa encarar a atitude dos pais da mesma maneira como via antes. Você já esteve na casa dele? Notou alguma diferença?

— Estive duas vezes, mas os menores não estavam lá. O pai vai buscar ele de tarde quando volta da retífica e eu, às vezes, venho com eles.

— Você, nessas ocasiões, percebeu alguma coisa? O pai dele não o trata bem? Você desconfiou que ele não fosse filho biológico?

— Puxa, pai, o pai dele é legal como você, só vendo. Conversa, brinca, até me convidou pra ir num sábado em Atibaia, na casa da avó do Rogério. Não notei nada, não.

— E os irmãozinhos, você conhece?

— Muitas vezes, quando é a mãe que vai buscar ele, os irmãozinhos vão com ela.

— E daí?

— Daí, pai, eu acho que o Rogério é que anda nervoso, irritado. Até na escola, todo mundo já fala disso. Ele briga com os irmãozinhos; outro dia deu um tapa tão forte num deles e o garoto chorou muito.

— E a mãe?

— Ela se controlou, mas eu vi que ela tava com vontade de dar uma bronca no Rogério. Não zangou, mas falou com voz mansa pra não brigarem, que irmãos não devem brigar. E aí Rogério respondeu assim mesmo: "Também acho. Irmãos!". Tava agressivo, a voz dele era de malcriação.

— Ele deve estar mesmo numa fossa...

— ...Pois é, pai, a mãe ficou calada, tinha o olhar triste, não conversou mais. Os pequenos ficaram quietos, o talzinho que apanhou ainda soluçou um pouco, depois sossegou.

— E ele?

— Ele virou as costas pra todos e começou a roer as unhas e ficou nisso. Ninguém falou mais nada. Naquele dia da minha festa, a gente conversou no quarto; eu disse que ele andava nervoso e perguntei por que, então ele me contou. Disse que eu era amigo e ia me contar, só pra mim, sem espalhar no colégio, o que tinha acontecido.

O pai ouvia atento. Era muito importante o que o filho lhe contava. Seu garoto também era filho adotivo e passara por essas duras experiências. Era muito bom saber exatamente a explicação que o filho dera para o amigo. Essa explicação devia corresponder aos seus pensamentos, a tudo o que ele sentia em relação ao fato de ser adotado. Ficou à espera. Paulo continuou:

— Foi assim como tô contando; ele ficou vermelho, secou com raiva os olhos com as mãos, tava meio chorando, com vergonha de chorar inteiro: "Eu sou filho adotivo, seu Giovani e dona Dinorá não são meus pais. Eles me pegaram pra criar quando eu tinha um mês. Minha mãe verdadeira me deu pro orfanato e eles me tiraram de lá e me criaram". E aí ele chorou mais. "Ela era mãe solteira e eu não sei quem ela é nem quem é meu pai. Ela me deu e os dois desapareceram, sumiram." Nesse ponto, eu quase contei meu caso pra ele, mas resolvi esperar mais um pouco, deixar ele desabafar tudo o que estava sentindo. Fiquei quieto, só ouvindo. Abracei ele e disse pra ele não chorar mais. Fiquei com receio que vocês entrassem no quarto e vissem ele com os olhos vermelhos. Mas eu não disse nada porque pensei: "Assim ele conta o que sente e, se eu falar, vou ter que contar tudo aquilo que também senti, é isso aí".

— Você fez muito bem. Nessas ocasiões é melhor ouvir que falar. O que mais ele contou?

— Ele tava louco pra falar, sou seu melhor amigo, a gente não se visita mais porque ele mora longe, só dá pra ir de carro ou de metrô. Então, muitas vezes, a gente conversa na aula de educação física, enquanto esperamos a vez de fazer os exercícios. Nós somos da mesma aula de judô. Ele luta bem. Ele disse ainda que faz tempo vinha notando que a mãe e o pai — mais a mãe — já não eram os mesmos com ele, tudo era pros menores. Que os pequenos não podiam se resfriar; um resfriadinho qualquer e ela corria com leite quente, chocolate, ficava perto deles contando histórias. E se ele estava com resfriado forte mesmo, ela dizia que era um resfriadinho à toa, que ele podia ir pra escola bem agasalhado, não precisava faltar às aulas. Ela dava um comprimido, mas não mandava ele pra cama nem fazia comida especial. Eu então, pra consolar, disse que ele já era grande, um garotão. Mas ele respondeu que filho é filho e não tem nada disso de maior ou menor, que quando é filho de outros pais, filho adotivo, faz diferença, se faz. Baita diferença!

— Que complicação, não, Paulo?

— Grande, não, pai? Ele tá sofrendo muito, abatido, disse que vai sair de casa.

— E vai para onde?

— Não sabe, não. Só pega a mochila, põe nela uma roupa porque não quer nada mais de ninguém, que ninguém tem obrigação de sustentar ele. Disse que leva uma lata de leite condensado, uns dois pãezinhos e pronto, se manda! Tem algum dinheiro no cofre ...

— Mas para onde ele vai? Falou pra você? Tudo isso é muito infantil.

— Pois é, pai, é coisa de criança, ele tem só dez anos e está desnorteado, coitado! Acho que não souberam contar bem pra ele a história toda.

— Pode ser... também pode ser somente uma reação violenta da parte dele. O que você pensa?

— Ele tá nervoso, bronqueado, não sei não se vai entender logo. Tá com raiva de todos e mais dos irmãozinhos, como se eles fossem culpados de alguma coisa.

— Eu creio que você pode ajudá-lo; mas precisa ter muito cuidado para que ele não se afaste de você, senão ele ficará muito só.

— Depois, mais tarde, a gente torna a conversar, pai. O Renato tá na porta assoviando. A gente vai no campinho jogar uma pelota. Estamos treinando porque vai haver uma competição entre o Santana e um clube da Casa Verde. A taça é bacana. Até logo, pai.

E lá se foi, alegrinho, esquecido dos problemas, assoviando para o amigo que o esperava na porta. Era goleiro do time: o melhor goleiro do bairro!

Durante o jantar nada puderam conversar porque, além das irmãs de Paulo, estava a avó. Melhor era deixar pra mais tarde; mas os pais foram ao cinema e nada feito.

Dois dias depois ia ser feriado. Ele teria uns momentos livres para conversar com o pai e foi o que aconteceu logo após o almoço, enquanto a mãe levava a irmãzinha ao teatro e a mais velha havia saído com uma colega.

Ele e o pai ficaram na sala.

— Papai.

— Que é, filho? Vamos continuar nosso bate-papo? Alguma coisa mudou?

— Nada, pai. Ele não se conforma. Conversamos bastante. Ele disse que vai embora mesmo, e o que mais sente é deixar o colégio, só o colégio e os colegas, porque obrigação de sentir falta do pai e da mãe não tem, porque eles não são seus pais de verdade. Se fossem, iriam atrás dele; mas ele acha que ninguém vai se importar não. Que ele vai apodrecer na rua, acaba parando no juizado.

— E você, que lhe disse?

— Sabe, pai, eu fiquei quieto, bati nas costas dele e ele que faça o que quiser. Se não fizer, vai continuar pensando nessas bobagens. Então melhor mesmo é ele sair de casa, os pais vão atrás dele e ele tira a prova de que é querido. É isso que ele quer, saber se gostam dele mesmo.

— Também penso como você. Ele está atravessando uma má fase, mas acho que não seria conveniente sair de casa. É muito criança, pode acontecer com ele qualquer coisa ruim ou ir parar no juizado, o que não é bom não. De lá iria para abrigos onde há meninos dispostos a ensinar o que há de pior, roubo, violência...

— Puxa, pai, é verdade mesmo, sempre saem notícias assim no jornal. Mas como você acha que ele deve fazer? Não quer conversar com ninguém. Tá de mal com todo mundo, até com a avó de quem ele gosta muito.

— É isso, ele está passando por aquilo que chamamos de crise. Creio que, por enquanto, só você, Paulo, pode fazer alguma coisa. Pode ajudar porque conhece bem esse problema.

— Sabe, pai, o que pensei?

— O quê?

— Eu pensei que, se vocês deixarem, trago ele aqui, nem que seja só por uns dias, e então posso contar pra ele o meu caso. Na escola não dá pé não, muita gente em cima.

Chodo pensa... Seria uma boa solução, ao mesmo tempo meio complicada porque ia receber em casa um garoto fugitivo. Mas, assim mesmo, apesar do risco, essa era a melhor solução. Comunicar-se com o pai do menino não podia, era ir de encontro à confiança depositada nele pelo filho.

— Bem pensado, Paulo, você traz seu amigo, tá? Pode ficar aqui quantos dias ele quiser.

— Ele pode dormir?

— Naturalmente, no seu quarto tem a bicama, não é? Ele fica bem acomodado; somente me preocupo é com os pais dele. Não posso contar em segredo que ele vem para cá?

— Não, se conto ele não vem.

— Então, o garoto... como ele chama mesmo? Rogério? ... quer provar que é amado pelos pais, quer assustá-los bem, não? É que ele está muito complicado dentro de si mesmo, senão veria que durante esses dez anos eles o amaram muito, como você diz. Mas, nesse estado de espírito, qualquer coisa ou um ato mal interpretado põe em dúvida esse amor. É isso aí. Pobre! Tenho pena dele.

— Eu também, papai. Ele emagreceu, só vendo! Tá muito abatido, como diz a mamãe, não estuda, respondão, briguento na escola, eu acho que logo, logo ele vai ser expulso.

— Deus queira que ele concorde com você. Converse bem com ele. Posso dar um conselhinho?

— Pode, pai.

— Ouça tudo o que ele quer dizer, deve estar necessitando se abrir. Você ouve, depois troca ideias.

— Está bem, amanhã falo com ele. Hoje, quando a mamãe voltar do trabalho, peço licença pra trazer o Rogério.

— Coitados dos pais! Como vão sofrer.

— Você acha que vão dar parte na polícia?

— Vão sim, logo que o menino desaparecer.

— É isso... e se a polícia baixar aqui?

— Vamos ter que explicar; vai ser difícil, mas é a melhor solução que vejo. Ele ficar na rua é pior, traga-o.

— Você promete não falar nada pro pai dele?

— Prometo, filho, não se preocupe.

Naquele dia, Paulo falou com a mãe, contou-lhe o problema que o amigo enfrentava e pediu-lhe para ajudar o colega.

Tudo esclarecido e acertado do melhor modo. Na escola, durante um intervalo, falou com Rogério:

— Rogério, você vai mesmo sair de casa?

— Se vou! E é logo, creio que amanhã mesmo.

— Como vai fazer?

— Ué, ponho a roupa na mochila, a mãe vai na feira e eu me mando.

— Quer ficar na minha casa?

— Sua mãe deixa?

— Ela concorda, sim. O pai acha ruim você ficar na rua e ir parar no juizado; ele disse pra você ir pra minha casa.

— Tá bem, não amolo nada. Posso até ajudar, lavar louça, empurrar carrinho de feira.

— Você já pensou bem?

— Já, tá tudo aqui na cuca. Você que é meu amigo, diga uma coisa: a gente pode viver onde não é querido? Pode? Em casa ninguém gosta de mim.

— Mas nem sua mãe?

— Já disse, ela não é minha mãe de verdade e é certo ela gostar mais dos filhos dela, dos biológicos.

— Não, que é isso, pois eu acho que essa história de gostar mais de filho da barriga não é verdadeira, não vale tudo. O que vale é o amor que dão pra gente.

— Mas ela anda brigando comigo. Imagine só, brigar porque dei um tapa no fresquinho do garoto que ela diz que é meu irmão. Sei lá se tenho irmão, se tiver deve também estar morando na casa dos outros, como eu!

— Você tá muito nervoso, é isso aí. Não deve ficar assim, não. Sossega um pouco, Rogério. A gente vê melhor quando pensa com calma. Eu falo isso porque sei, já tenho doze anos, você só tem dez.

— Mas já sou grande, acho que idade não quer dizer muito. O que vale é a gente ter cabeça fresca, boa.

— Bem — deu o sinal —, então está resolvido, amanhã você vai comigo.

— Sabe, se a gente sair junto da escola, depois vão contar pro pai quando ele me procurar, se procurar... eu acho que não vai procurar não. — Lágrimas escorrem de seus olhos que ele, nervoso, seca com as mãos e se domina.

— Vamos, calma. Amanhã a gente se vê, hoje saio mais cedo.

— Tá bem, até amanhã, depois a gente conversa mais.

Cada um vai para a própria classe, Paulo no 6º ano e Rogério no 5º. Ele tem somente dez anos acabados de completar naquele mês de setembro, em que a primavera punha flores nos ramos.

Esse dia passou normalmente. Paulo, ao chegar em casa, encontrou somente a mãe. Explicou-lhe que o colega viria no dia seguinte; ela prometeu arrumar a bicama para ele e deixar uma gaveta vazia para as roupas. E como prevenção, separou uns *jeans* antigos do filho, caso o menino não trouxesse roupa suficiente. Tudo certo, mas com muita preocupação do pai e da mãe de Paulo e um tanto de apreensão também no coração dele.

Por seu lado, Rogério também estava ansioso; queria sair logo de casa, mostrar bem claro seu ressentimento por ter sabido que não era filho de Giovani e Dinorá. Mas, ao mesmo tempo, gostaria de ficar. Tinha medo. Na sua casa sentia-se seguro — lá estava sua proteção, sempre o fora. Agora, aquela terrível situação quebrando a tranquilidade de sua vida. Ele vinha manso na correnteza e de repente aquela cascata. Que fazer? Para onde ir?

3

Na manhã seguinte, dia chuvoso, triste. Difícil de se tomar uma decisão, quanto mais alegrar-se. Tudo parecia unir-se para afundar Rogério ainda mais no seu problema. Logo pela manhã respondeu com indelicadeza à mãe quando ela lhe perguntou se havia feito as lições.

A resposta foi muito ríspida, num tom provocador: "Então não fiz?!". A mãe pediu-lhe para ser mais educado e ele saiu do quarto, batendo a porta. Dona Dinorá levou os pequenos ao colégio meio sentida, enquanto Rogério preparava, às escondidas, a mochila. Nela colocou uma lata de leite condensado e dois pãezinhos. Olhou em torno, viu tudo aquilo que amava. Há cinco anos haviam mudado para aquele apartamento novo. Cinco anos! Era bem pequeno como o irmãozinho e ganhou um quarto novo só para ele. E quando fez oito anos e passou para o 3º ano deram-lhe a escrivaninha. Olhou os livros na estante que o pai fez de caixa de cimento. A cadeira, os jogos, a cama com a colcha de quadradinhos emendados, tricotados pela avó. E ao pensar na avó, sua coragem diminuiu. Somente ela gosta dele, tem certeza.

Mas o relógio grita sete e meia e ele precisa ir depressa para chegar antes de o sinal dar quinze para as oito. Sai correndo com a mochila batendo nas costas e vai para o colégio, onde encontra Paulo no portão.

— Como tá?

— Bem...

— Você tá mesmo resolvido? — pergunta Paulo, em voz baixa.

— A sair? — sussurra, olhando para os lados. — Tô sim, agora já sei, é ir pra sua casa ou não. Vou se sua mãe deixar.

— Ela até falou que ia arrumar sua cama; ela é bacana mesmo.

— Ela não vai contar nada não?

— Não! Que é isso, cara? Ela é legal de verdade; nem ela nem meu pai são dedos-duros.

— Tá bem! Você tem irmãos?

— Dois. Uma menina mais velha do que eu dois anos, tá com catorze anos, e uma garotinha de oito, que é uma graça; às vezes, sabe, é meio chatinha, quer lutar judô comigo e quer ganhar.

— É... todo mundo é bacana assim quando são parentes de verdade.

Paulo dá uma risada simpática.

— Mais tarde a gente conversa, tá? Lá em casa. Minha mãe vai esperar no larguinho, atrás da igreja. Ela volta do trabalho ao meio-dia.

— Certo, depois das aulas tô lá. A minha acaba quinze para o meio-dia e a sua?

— No mesmo horário.

As aulas correram como sempre com seus altos e baixos, menino que sabe a lição, menino que não sabe, professor simpático, professor antipático; de tudo um pouco, que assim é a vida. O dia continuava frio, triste, chuvoso.

Rogério, por dentro, é um poço fundo de sentimentos contraditórios. Lembra-se dos irmãos, aqueles capetinhas, mas que às vezes são tão engraçados e carinhosos. Parece-lhe ouvir seu papagaio que de manhãzinha imita a voz da mãe e o chama: "Rogério, levanta, filhinho!". Sente tudo, tristeza, medo, e sua resolução de partir mundo afora, ao mesmo tempo que abalada, está firme. Vai deixar tudo, que ninguém o ama e ele, por sua vez, não vai mais amar ninguém, e daí, sem amor, pra que viver junto? Ele bem pode trabalhar e ganhar seu dinheiro. Aceita por uns dias o convite do amigo, só isso, interferência não; depois vai planejar tudo com calma. Mas calma é o que não existe em seu coração; está tão ansioso que até a professora pergunta-lhe se tem alguma coisa, se está se sentindo mal.

Imagine, se não tem! Está com vontade de dar uma resposta áspera, mas é melhor ficar quieto, não falar nada. Hoje não!

Depois da última aula, sai para a rua e disfarçadamente vai para o ponto combinado, onde Paulo já o espera perto do carro da mãe.

Os dois, cúmplices, olham para todos os lados, não fosse ter algum colega por perto. Certificam-se de que não tem e, então, entram no carro, que logo arranca.

Não conversam, há muita emoção; ninguém tem vontade de falar, melhor mesmo é chegar em casa.

Na hora do almoço, presente o pai, as irmãs no colégio, eles trocam ideias.

— Você está mesmo decidido a deixar sua casa?

— Já deixei, logo vou embora.

"Opa! — pensa Chodo — o menino está inquieto, decidiu-se, preciso pisar leve, terreno perigoso."

— Não, não há problema; aqui você pode ficar quanto quiser. É bem-vindo como amigo do Paulo.

— Tá bem, vou ficando um pouco até arranjar um emprego.

— Você vai trabalhar?

— Vou sim, preciso ganhar dinheiro pra me sustentar.

— Muito bem, quem sabe eu posso dar um jeito nisso. Depois vou pensar. Às vezes, meus amigos e clientes precisam de um *boy*. — E com voz quase indiferente: — E seus pais?

O menino se retesou todo na cadeira e logo respondeu, áspero:

— Eles não são meus pais. Eles somente tomaram conta de mim.

— Está bem, se você pensa assim... Aceita um conselho?

Rogério olhou desconfiado.

— Qual?

— Cuidado com a rua. Vão procurar você.

— O juizado?

— Não, seus tutores; eles são responsáveis por você perante a justiça.

Rogério ficou quieto, pensativo, um pouco assustado. "Pô, por essa não esperava. Não sabia nada de justiça, sabia somente de amor. Então, eles eram responsáveis perante a justiça? Que justiça? A polícia? O juizado? A cadeia? Será que vai acontecer alguma coisa pra eles?"

Não passa de um simples menino assustado, aquele que segue Paulo em direção ao quarto e abre sua mochila, onde o pão logo aparece. O amigo pergunta: "Pra que esse pão?". E ele responde que teve medo de sentir fome.

No começo da tarde, brincam um pouco com o videogame; depois Paulo vai para sua aula de judô. Rogério fica na sala vendo televisão, com seus pensamentos, torturado.

Chega a hora do jantar, já haviam tomado banho. Inês e Chodo voltam do trabalho e a família se une em torno da mesa.

Ninguém toca mais no assunto, falam de futebol, discutem o campeonato, e a noite passa entre a televisão e um ou outro comentário.

A escola era um alvoroço só. Havia desaparecido um menino e, apesar das buscas, não fora encontrado. A polícia, amigos, professores procuravam, nenhum rastro. Desaparecera e pronto!

Paulo via toda aquela confusão e sua vontade era tranquilizar todo mundo: "Oi, gente, o Rogério tá escondido lá em casa, ele não quer voltar não...". Mas havia prometido ao amigo guardar segredo. Se contasse, ele ia embora e talvez encontrasse más companhias.

No colégio comentavam que a mãe do menino estava doente de tristeza e de nervoso, que o pai nem ia mais trabalhar, estava fechada sua oficina mecânica. Tudo no ar, a escola perdera seu ritmo. Os alunos trocavam impressões nos intervalos das aulas:

— Vai ver que vão vender ele no Paraguai.

— Ele não é automóvel — retruca outro.

— Ouvi dizer que vão pedir um milhão por ele.

— O quê?! O pai dele entende de mecânica, não é dono de banco! — E ainda mais: diziam que ele fora raptado por um antigo empregado do pai dele que ficou com raiva por ter sido despedido.

— Só se ele foi amarrado, porque o Rogério não é bobo não, luta judô.

E assim por diante.

Três dias já haviam passado depois que ele fugiu de casa. Tava com saudades do pai, da mãe, dos irmãozinhos, da avó. Se pudesse, se tivesse coragem, voltava. Mas e se a mãe não quisesse mais ele?... mandasse ele embora? Na terceira noite, chorou baixinho para o amigo não ouvir. Estava arrependido, mas não sabia o que fazer. Continuava na casa de Paulo, onde era tratado com o mesmo carinho que recebia em sua própria casa. Os pais do amigo não faziam comentário nem reclamavam sua permanência.

Paulo nesses dias se ausentava muito, estava em provas e ia estudar em casa de colegas; voltava tarde e cansado. Conversavam pouco. Assim mesmo, uma noite, vendo o garoto tão desesperançado, resolveu vencer o sono e contar-lhe algo de sua própria vida; talvez isso o ajudasse. Já havia conversado com os pais e eles achavam bem válido o que ele ia fazer.

— Você está muito preocupado e triste, não está, Rogério?

— Então, não é pra estar? A gente pensa que é filho do pai e da mãe e não é! Tô até sem saber o que pensar, com raiva também. Raiva de todos de casa!

— Você tá com sono?

— Não, e você?

— Vou te contar uma história, tá?

— História? Não é da Branca de Neve, né?

— Não — e Paulo ri —, é outra bem diferente. É a história da minha vida.

Os dois se olham. Que estranho, o amigo tem uma história pra contar, a da sua vida?!

— Então, conta, Paulo, vou só deitar, não vou dormir, tá?

— A história que vou contar é verdadeira, Rogério — e repetiu —, é a história da minha vida. — E começou assim: — Minha mãe Inês estava grávida de oito meses. Ela e meu pai já tinham uma filhinha de dois anos, minha irmã Sílvia. Moravam numa pequena cidade de Minas, Alterosa. Certa tarde, os dois saíram para dar uma volta pela cidade. Enquanto meu pai atravessava a rua e ia num bar comprar uma água, mamãe ficou esperando por ele, meio encostada numa árvore porque — ela contou — estava muito gorda e se sentia cansada. Foi então que um caminhão enorme, guiado por um motorista bêbado, se desgovernou, indo prensar minha mãe junto à árvore. Meu pai viu o desastre quando atravessava a rua e nada pôde fazer, ela já estava desfalecida no chão. O motorista mal conseguia brecar o caminhão. Então, meu pai levantou ela e carregou minha mãe diretamente pro hospital, onde, entre a vida e a morte, ela abortou. Diz que era um meninão forte, gordo, ia fazer um lindo par com minha irmãzinha. Tô contando isso pra mostrar pra você como foi minha vinda.

— Como sua vinda?! Você não nasceu?

— Então, deixa eu continuar. Minha mãe ficou muito mal, um mês no hospital com várias fraturas, quer dizer, com os ossos quebrados. Depois, ela foi pra casa, toda engessada, coitadinha! Ficou três meses deitada na cama, sem saber se ia ficar boa ou não, pernas e braços presos em correntes para esticar os ossos. Isso ela me contou quando eu já tava grandinho e quebrei meu braço. Ela me disse que chorava dia e noite o filhinho perdido, já prontinho pra nascer, oito meses quase nove. No tempo que ela me contou eu achava bem-feito, mas quero contar tudo, desde o começo, pra você entender bem. Tá me entendendo, né?

— Tô, Paulo, tô entendendo, vai contando.

— Pois é, ela chorava dia e noite, meu pai também. Ele morria de medo que ela não se levantasse mais, tinha quebrado a espinha e os médicos nem garantiam se ela ia andar outra vez. Minha avó rezava muito pra ela sarar; minha mãe também, ela queria se levantar logo pra cuidar da minha irmã Sílvia. Ah! você precisa ver, depois eu mostro no álbum, que bebê lindinho ela era. Uma bonequinha com olhos assim puxados; meu pai é japonês, você sabe, isto é, filho de japonês. Minha mãe ficou três meses engessada na cama, depois tirou o gesso. Ela disse que, naquele tempo, ela rezava muito pro Menino Jesus de Praga, tinha o santinho no criado-mudo. É uma imagem bonitinha, um menino com uma capa toda bordada que ela bordou quando ainda estava boa, fazendo o enxoval do filhinho. Então, ela rezava, rezava, pedia pra ele fazer ela sarar, andar nem que fosse de muleta; ela precisava andar, cuidar da casa, da Sílvia, do marido que tinha emagrecido dez quilos, coitado! Um dia, depois de tirar o gesso, o médico veio e ela quieta na cama, quase sem mexer os braços e as pernas. O doutor disse que ia mandar um fisioterapeuta. Você sabe o que é isso?

— Não, não sei. O que é?

— É um profissional que trata de jogadores de futebol, quando eles quebram as pernas, os braços ou se machucam. É o especialista que cuida dos ossos, das tais fraturas ou de outra coisa chamada luxação, que é quando o cara recebe um pontapé bem dado, daqueles que manda o jogador pra fora do campo. O ortopedista ia mandar um fisioterapeuta pra ver o que ele podia fazer pra minha mãe voltar a andar. Então — ela me contou —, fez uma promessa pro Menino Jesus de Praga. Ela disse assim, rezando: "Você me põe boa, meu menino, e eu prometo dedicar minha vida pra cuidar das criancinhas pobres, sem mãe". Escuta só o que vem agora.

Rogério nem se mexia, interessado demais no que Paulo lhe contava.

— Não é mentira não — continuou Paulo, sentado na cama —, minha mãe não mente. Ela rezou, rezou. Minha avó também, meu pai rezou do jeito dele, ele é japonês, sabe, acredita num tal Buda. Você já deve ter visto alguma imagem dele, não é? Enquanto isso, minha mãe e minha avó rezavam pro santinho de Praga. Daí — e a voz de Paulo toma um tom profundo —, minha mãe contou, e ela até chorou quando contava, que sentiu uma força estranha nas pernas junto com uma vontade de andar, e quando minha avó saiu de perto ela se sentou na cama. O médico disse que nem isso ela ia fazer, sem os cuidados do fisioterapeuta, por mais de um ano. Ela gritou pela mãe e quando minha vó veio correndo, imaginando coisa ruim, e viu ela sentada com as pernas pra fora da cama, a vó chorou, chorou! As duas choraram abraçadas e então ela disse: "Quero ir no banheiro, fazer xixi". "Não, eu trago a comadre", respondeu a avó. Você sabe o que é comadre, não sabe? Mas minha mãe foi firme: queria ir ao banheiro e que minha avó ajudasse ela. E as duas fizeram a loucura, minha mãe saiu da cama.

— E daí?! Puxa!

— Puxa mesmo! Daí, fraquejou a perna da minha mãe, ela se agarrou na vó, minha mãe tava magrinha! Ela é alta, pôs o braço no ombro da vovó, que segurou ela pela cintura, e a mãe, devagarinho, arrastando as pernas, foi fazer xixi na privada. Não caiu, ficou firme, só vendo. As duas chorando, só chorando. Chegando no banheiro, ela sentou na privada, com dor no corpo todo, mas sentou. Depois, voltaram pra cama, minha mãe com aquela força de vontade danada de andar. Então, a vó telefonou pro médico, o ortopedista, aquele que operou ela no hospital. Ele não acreditou muito, até ficou bravo pela imprudência das duas, pois a mãe podia cair e se quebrar de novo; mas foi em casa ver a mãe. Ela estava sentada, encostada nos travesseiros. Ele ficou bobo, a mãe disse que ele não acreditava. Mas, vendo que era verdade, pediu pra mãe andar e ela disse que não tinha vontade, quando tivesse, ela andava. Eram quatro horas da tarde, e o médico lá postado mandou fechar o consultório, dispensar os clientes e ficou esperando. Minha avó e minha mãe rezando, rezando. Eram dez horas da noite quando ela sentiu outra vez o calor nas pernas, a vontade de andar. Ela pôs os pés, sozinha, pra fora da cama, chamou a vó que cochilava e disse que ia ao banheiro. E as duas foram e o médico de boca aberta, sem saber o que pensar, nem sabia como explicar o que estava acontecendo. "Milagre!", disseram mamãe e vovó.

..."Força de vontade", disse meu pai, que também estava emocionado, vendo o esforço da mamãe. "O que for, é", disse o médico, "não sei explicar nem dentro, nem fora da medicina. A Inês andou e eu pensei que nem movimentos ela fosse ter. Como explicar?... Não sei".

...Minha mãe voltou do banheiro, sentou firme na cama, estava cansada e ia dormir, deu até amanhã e dormiu. "Está cansada de andar", disse a vovó, rindo e chorando. "Coitadinha!" O pai e o médico foram pra sala mas nem conversavam, a vó disse que eles não sabiam o que falar. O médico olhou mais uma vez a mãe dormindo, "sossegada como um anjinho", diz a vó, deu boa noite e se foi. O pai ficou só na sala, pensando, pensando... Amanhã, conto o resto, tá? Tenho que estudar, o 6º ano é difícil.

— Até amanhã. Bacana o que você tá contando, parece novela. Boa noite, vou ver se entendo por que ela tá andando.

5

— Bom dia, Rogério.

— Bom dia, Paulo. — Paulo voltava da escola. Quando saiu, deixara o companheiro dormindo.

— Como foi hoje no colégio?

— Chi!... continua um comentário danado, todo mundo falando que você sumiu. O diretor indo de classe em classe, perguntando se alguém viu você. Eu consegui ir no banheiro antes dele chegar na minha classe. Me escondi lá e só voltei depois que ele saiu pra outra classe. A meninada tá comentando.

— O quê?

— Uns dizem que viram você entrar num carro grande, outros que você tava com um homem que tinha cara de bandido, outro que você disse que ia embora trabalhar num circo.

— Puxa! Até isso?

— Isso aí, no recreio todos os grupinhos falavam, falavam. Até contaram que o diretor disse que seu pai dá muito dinheiro pra quem souber onde você está.

— Mesmo?! E minha mãe?

— Disseram que ela está doente.

— Mal?

— Nervosa, de cama. Vamos almoçar. Minha mãe ainda não chegou?

— Deixou recado que não vai dar pra vir almoçar.

— Por quê?

— Porque tem uma freguesa que está doente e ela vai fazer as unhas dela na casa dessa freguesa.

— O pai não gosta muito. Ele não quer que ela saia do salão.

— Você, depois, conta o resto?

— Conto depois do almoço.

— Tudo o que você tá contando é verdade?

— Juro, cara! Que desconfiado, pô! É verdade, não preciso mentir. Juro até pelo Menino Jesus de Praga da minha mãe, tá?

— Ué, você crê nele?

— Creio, e em Buda também. Não posso entristecer o velho, ele é bacana, sabe? Um pouco quietão. A mãe disse que ele é assim porque é japonês, mas que ele não fica nervoso nem emburrado. É gênio dele. Ele também brinca comigo, joga futebol, pingue-pongue, até botão. É um amigão! Gosta muito de bicicleta e aviãozinho, sabe? A gente vai sempre aos domingos no campinho soltar os aviões.

— Que bacana!

— Um dia você vai junto, tá? E seu pai?

— O meu me leva no futebol, a gente é corintiano, sabe? Vamos também pra Santos e, às vezes, pro sítio da avó, perto de Atibaia. Lá tem um lago onde a gente nada, eu sei mergulhar.

— Eu não sei. Um dia você me ensina, né?

— Lógico, você é meu amigo.

Depois do almoço, uma hora da tarde, enquanto fazem tempo para começar a estudar, os dois, espichados nas camas, pareciam prontos a continuar a conversa. O ar lá fora é manso, suave. Não tem brisa, mas também não faz calor. Há flores e certo perfume de jasmim-estrelinha se destaca.

— Como é, você vai ou não contar o resto?

— Vou sim, escuta só, mas antes me diz por que minha mãe andou? Você descobriu?

— Não sei... pensei até no tal Buda. Minha mãe tem um na sala e diz que ele dá sorte.

— An... No outro dia minha mãe tornou a se levantar, foi no banheiro com a vó segurando ela, sem medo, mas como criança que está aprendendo a andar, com cuidado. Veio o tal fisioterapeuta, fez massagem nela, aplicou uns aparelhos. Disse que era bom que ela se mudasse para Belo Horizonte, onde havia mais aparelhagem, e também não compreendia como ela tava sentando e andando arrastado depois de ter quase quebrado toda a espinha. Era o primeiro caso que ele via assim de quase milagre. Ela respondeu que não foi quase não, foi uma graça do Menino Jesus de Praga. O tal fisioterapeuta disse que não acreditava e achava bom ela continuar a ginástica e o tratamento. Mas ali em Alterosa não havia condições, que ela precisava ir para Belo Horizonte, cidade maior, onde há tudo que é necessário para uma fisioterapia completa, ginástica, natação com professores especializados. Meu pai era gerente da Caixa, pediu transferência e se mudaram pra essa cidade. Lá minha mãe começou os tratamentos e andava ajudada pela vó e uma bengala; as duas rezavam e minha mãe prometeu ao Menino Jesus de Praga que, logo que andasse bem sozinha, ia cuidar das crianças pobres.

— Puxa, que bacana! E daí, ela sarou?

— Pois então, não sarou, Rogério? Você não vê que ela anda bem? E ela é muito bacana!

— É mesmo, anda alegrinha pra todos os lados, até parece a minha... — e para sem poder pronunciar o resto, a palavra mãe.

— Pois é isso, minha mãe é formidável!

— Você acha?

— Imagine se não! Sou orgulhoso dela. Até dizem que ela parece minha irmã. Mas deixa eu continuar. Então, ela foi melhorando cada dia mais. Já andava com auxílio de muletas, podia guiar com um aparelho especial, ia fazer o tratamento sozinha. Meu pai diz que ela é a pessoa de maior força de vontade que ele conhece e minha vó diz que é fé. Ele fica quieto mas não acredita.

— E você?

— Eu? Nem sei... aceito tudo, tá? Se penso que é força de vontade, também tá certo, porque quando ela quer, quer mesmo. Se é fé, creio, porque ela reza sempre e trabalha pras crianças pobres. Faz roupinhas, vai ao orfanato, conta histórias pra elas, substitui as atendentes quando estão de folga. Aqui em casa, a gente tem uma horta onde ela planta legumes, verduras pra sopa das criancinhas.

— Puxa, bacana mesmo. A minha também dá aulas sem cobrar, é professora e ensina dois meninos, filhos da empregada.

— É, a gente admira pessoas assim, não? O pai disse isso.

— Continua, e quando foi que ela ficou bem boa?

— Depois de um ano de tratamento, ela até já dava uma corridinha. Agora, ela corre todos os dias, antes não. Então, um dia, escuta bem, isso é muito importante. Um dia, ela tava deitada, pensando no filhinho que perdeu. Ela disse que, se não fosse o trabalho do orfanato, ela morreria de tristeza. Não aguentava pensar na criança esmagada na sua barriga pelo caminhão. Queria ter outro filhinho, mas o médico disse que ela tinha quebrado o osso da bacia, a bacia da gente é aqui, e ela não podia ter outro filho. Assim disse o médico, mas ele errou, porque depois ela teve a minha outra irmãzinha. Isso, bem depois. Nessa noite ela tava em casa só com minha irmã mais velha, pensando, quando ouviu um chorinho. Não acreditou, pensou que fosse o cachorrinho porque a Gagá tinha dado cria e tava de filhinho novo. Era o Sorvete, que ficou com minha tia. Pois, foi ver; ele dormia mamando. Outra vez o chorinho. A mãe apurou o ouvido, parecia que vinha da porta. Ela levou um sustão! Que será?! Foi procurando, procurando e sentiu que vinha mesmo de lá. Tava com medo de abrir a porta de noite, mas o chorinho continuava. Então, ela abriu e viu no chão um pacote. Era eu, você já adivinhou, né? Ela disse que perdeu o medo, olhou a noite, era linda, quente, tinha luar. Pegou o embrulho, fechou a porta e pôs ele na mesa, quero dizer, pôs eu na mesa. Eu chorava alto, ela teve receio que eu acordasse minha irmãzinha que estava dormindo. Me embalou nos braços, eu tava com fome mesmo. A mãe contou que eu virava a boca pra todo lado procurando comida. Ela nem tinha aberto o pacote pra ver se era homem ou mulher. Me levou pra cozinha, pegou a mamadeira da Sílvia, que ainda não tinha três anos, encheu com leite e água porque, ela explicou, só leite é muito forte pra recém-nascido. Disse que eu bebi mais de três dedos, até engasgava; ela ficou com medo que me fizesse mal e eu já tava com a barriguinha cheia. Daí ela abriu o pacote e viu que eu era menino e tava todo borrado e molhado. Não trazia nenhum bilhetinho, mas ela viu que eu devia ter um ou dois dias porque o umbigo tava firme. A gente perde o tal umbigo com seis ou sete dias, você sabia?

— Não, não sei nada de criança. E daí?

— Tá interessado, hein? Daí ela me pegou e me deu banho na banheirinha da minha irmã e me pôs roupa nova, do enxoval do menino que morreu. Fiquei tão contente em saber que usei o enxoval que devia ser do meu irmãozinho. Imagine, ela me deu toda a roupa dele. Depois ela fez uma caminha com duas cadeiras, pôs um travesseiro como colchão e eu dormi o resto da noite. De manhã, minha irmãzinha olhava assustada o nenê e quando mamãe me pegou pra dar a mamadeira, ela também quis mamar. Ciúme, tá? Todos têm. Depois, telefonou pra vovó, que morava em Ouro Preto, e a vó achou que foi o Menino Jesus de Praga quem me deu pra mãe, no lugar do outro. A vó também perguntou quando o pai voltava da viagem. Ela disse que no outro dia, e estava só pensando se ele concordaria em ficar comigo.

— Puxa, que bacana sua mãe. E seu pai?

— No dia seguinte, ele chegou. A mãe disse que eu já tava mais gordinho, imagine engordar de um dia pro outro! A vó dizia que a mãe tava boboca por mim, e a mãe, que a vó tava gamadinha, até tinha vindo de Ouro Preto pra me ver. Como o filhinho que perderam ia chamar Paulo, me deram esse nome. Logo que meu pai me viu, deu o dedo pra mim e eu agarrei ele, então ele achou que eu era esperto, olhos vivos e disse pra mãe que devia ficar comigo. A mãe contou meio chorando que ela tava com medo de me perder porque já gostava de mim. Depois, ainda disse que, quando me pegava no colo, eu conhecia ela, olhava com meus olhinhos verdes com muito amor. A vó só dava risada, parecia boba. Disse que eu era parecido com o finado marido dela, é assim que ela chama meu avô. O finado marido é o pai de minha mãe e chamava Paulo. Recebi o nome dele e a vó acha que até meus olhos verdes são iguais aos dele. A mãe dá risada e caçoa dizendo que a vó imagina coisas. Mas ela repete que os olhos dele eram verdes quando se casaram, verdinhos! e que, com a idade e os trabalhos, ficaram castanhos. Vê se pode!

— Que engraçado, não? Olhos mudarem de cor, nunca vi isso; cabelo sim, eu sei porque a mãe tinge os dela de castanho-claro e me mandou comprar tinta dessa cor. Mas conta!...

— Ué, você que interrompeu, eu tava contando. Me levaram ao pediatra, ele me examinou e disse que eu era normal, tão esperto para os dois dias de vida e a mãe disse que eu olhei e ela achou que eu tinha expressão de amor nos olhos. Ela contou que o médico riu, isso está escrito no livro do bebê, e falou assim pra ela: "O que você viu, Inês, é o reflexo de seus olhos cheios de carinho nos olhos dele". Bonito, não? Bacana! Aí, ela foi pra casa, feliz, contente. Passou na farmácia, comprou tudo o que o médico receitou, leite em pó, mamadeira, talco, tudo. Roupa não precisava, tinha todo o enxoval do bebê que morreu, e tudo azul, viu? Ela queria um menino e ganhou um menino. Pô, tenho que fazer a lição e voce também. Depois, conto o resto. Você estuda na sala, tá?

— Tá bem, eu estudo, mas eu não vou na escola...

— ...Não? — E Paulo para, surpreso: — Não?

— Não. Se eu for, eles vão avisar lá em casa e eu não quero. Faz mal eu ficar aqui?

— Não, não faz mal. Que é isso, cara?! É que na hora eu não lembrei que você tá fugido. Tchau.

6

No outro dia voltaram a conversar. Rogério estava demais interessado no assunto.

— Em que pedaço eu estava mesmo, quando parei? Você se lembra?

— Lembro sim, você falava do enxoval azul.

— Ah! é verdade. A vó disse que era bonito, só vendo. Tinha tudo que uma criança precisa, manta, uma roupa chamada calçudo, carrinho, sei lá mais o quê. Somente sei que nos retratos eu parecia um bebê de vitrine. Meu pai tem mania de tirar retratos. Tirava de mim e da minha irmãzinha também. Até no colo dela tem uma foto, eu com três meses. Você precisa ver como eu era gordo, minhas pernas faziam dobras. Bem vestido. Minha irmã tinha uma fitinha no cabelo. Tenho uma fotografia, quando eu tinha três anos, com a camiseta do Corinthians. Tenho retrato de todo jeito naquele álbum de bebê. Imagine, todos os meses até fazer dez anos. Aí eu fiz aquela cena e disse que não tirava mais todos os meses, só nas festas. Agora, meu pai tira em festas, competições, passeios, quando vamos a Santos. Sabe, minha mãe contou que eu andei mais cedo que a Silvinha, mas que ela falou antes. Antigamente, eu fazia questão de dizer que andar é mais importante que falar, agora acho a mesma coisa. Eu era esperto, fazia gracinhas, batia palmas, jogava beijinhos, como todo bebê faz, tá lá no álbum. Fui crescendo, quando tinha quatro anos peguei sarampo. Fiquei mal, bem doente mesmo, depois sarei e a mãe disse que nunca mais tive nada, a não ser uma gripe ou outra. Meu pai me pôs no judô e minha mãe me levou à escola, no maternal. Com quatro anos eu estava no maternal e Silvinha no 1º ano. Íamos os dois com uniformes iguaizinhos. Ela disse que era uma graça nós irmos de mãos dadas, ela cuidando de mim. Ela até agora, apesar de ser dois anos mais velha, parece minha mãe. Quer mandar em mim, mas eu não ligo não, sei que é porque ela cuidava de mim desde o tempo da escola. A gente gosta muito um do outro, às vezes briga, mas ela nunca disse que não sou irmão dela. Até que de vez em quando ela fala: "Que azar ter irmão! Melhor é ser filha única". Daí, eu respondo: "E eu que tenho duas irmãs, mas a Ester é boazinha, você é uma pestinha!". Mas não é assim não, a Ester é menor, ela precisa da gente. Eu não quero depender de ninguém, daí minha briga com a Sílvia. Ela é mandona. E você com seus irmãos?

— É... eles são pequenos, somos três. O pai trabalha muito porque todos já estamos na escola.

— É mesmo! A mãezinha diz que a vida tá cara, que o estudo tá caro.

— Tá mesmo. Por isso preciso estudar muito pra ajudar, sou o mais velho. Mas o que atrapalha mesmo é o pensamento da gente, sabe?

— Sei sim, também comigo foi assim, sofri muito. Mas você vai ver que é bobagem, que a gente sofre porque quer sofrer, pois é só conversar, bater papo, que chega até lá. A gente foi crescendo e a mãe nunca disse que eu não era filho da barriga dela. Acho que ela nem pensava nisso e eu nunca percebi nada. Tava vivendo a boa vida. Nos aniversários da gente, a mãe sempre fez festa, bolo de palhaço, de futebol, de super-homem. Agora não quero mais bolo com esses enfeites. Quando fiz oito anos, já tava no 3º ano, a mãe fez o bolo de futebol. Corinthians contra Palmeiras. Foi bacana a festa, os meninos indo e vindo, ganhei presentes, muitos livros, sempre gostei mais de ler do que de Matemática. De noite, fui dormir cansado, a mãe e o pai contentes, eu nem se fala. Silvinha e Esterzinha também ganharam uns presentinhos, só pra não ficarem com ciúmes. Não dormi logo, estava muito excitado, fiquei pensando. Então, lembrei que uma vizinha falou que minhas duas irmãs tinham os olhos puxados e eu não, os meus eram redondinhos e verdes. Fui olhar no espelho e era verdade. Duas bolinhas de gude. Puxei pelo finado? Mas nem um pouquinho pelo pai? Que pena! Adormeci. No dia seguinte era feriado. O pai e a mãe foram a Ouro Preto, num velório em casa de um parente. Eu fiquei com a empregada, que tá com a gente há cinco anos. Eu tinha que tomar parte numa competição de futebol; pertencia ao clube do colégio, não podia faltar. Além disso, eu precisava resolver uma diferença com o goleiro da Escola D. Pedro. Ele tinha me esmurrado no último jogo, então eu ia propor uma luta de judô. Ele também sabe lutar. As minhas irmãs foram e ficaram na casa da madrinha da Esterzinha. Fui ao jogo, voltei e almocei, aí sobrou tempo.

— É ruim ficar sozinho, não?

— É, eu tava como peixe fora d'água, ia e vinha, a televisão estava quebrada. Então, Cleusa, a empregada, lembrou por que eu não lia um pouco, havia muitas revistas velhas no quartinho, nas prateleiras. Resolvi fazer isso, mas aquela velharia me deixou entediado. Lembrei que no quarto da mãe estavam os álbuns de retratos e fui lá ver. Aí encontrei três álbuns de bebê que eu nunca tinha visto. Resolvi dar uma olhada neles. O primeiro que peguei era o da Sílvia e lá estava tudo, desde quando ela nasceu na maternidade, o número do quarto, o nome do médico, tinha muita coisa, até sobre a gravidez da minha mãe. Depois vinha o retratinho da Sílvia no berçário, ela mamando na mamãe, tomando banho, e outro nos braços da mamãe quando ela saía da maternidade. Puxa! O pai gastou filme. Estava anotado também visitas que recebeu, presentes... Ah! esqueci de falar, havia um retrato da mãe barriguda, mostrando a barriga, e embaixo o pai escreveu: "Luciana ou Paulo? *chi lo sá*?". Isso quer dizer "quem sabe" em italiano. Depois, fui ver o meu. Olhei, até examinei os números das páginas pra ver se a mãe não tinha tirado alguma. Não, estava em ordem da primeira até a última. Pô, pensei, por que a mãe não marcou as mesmas coisas que ela marcou no da Sílvia? Não tinha nenhum retrato dela de barriga, nem nome do médico, nem número do quarto da maternidade, nem eu no berçário ou mamando no peito dela. Somente eu com dois dias quando ela me levou no pediatra; nada antes, eu sempre com mamadeira, nada de seio. "Por quê? Ela não teve leite?", pensei. Depois fui olhar o álbum da irmãzinha Ester e tudo igual ao da Sílvia, igualzinho. Pô, será que é porque sou homem?...

A pausa foi grande. Paulo não conseguia falar. Estava tomado pela emoção. Sentimentos que voltaram como se ele estivesse vivendo de novo.

— E daí? Conta logo!

— Dá um tempo, né? Tô pensando... — mas tem os olhos vermelhos e prende o choro. — Pois é como tô contando, examinei os três livros de bebê, olhei bem os retratos. Minhas duas irmãs parecidas. Uma mais gordinha, outra mais magra, mas os mesmos olhos, meio de japonês. E eu? Olhos verdes, cabelos crespos, pele clara. Os olhos da mãe são pretos como os do meu pai. E os meus? Verdes como os do tal falecido avô que tinha olhos castanhos quase verdes ou já tinham sido verdes como a avó falou? Daí, peguei os três álbuns e comecei a comparar. O da Sílvia e o da Esterzinha tudo igualzinho, a única diferença estava nas datas, lógico. Olhei o meu, tornei a ler. Tudo começava no meu segundo dia de vida, nada de eu ter começo na barriga da minha mãe. Ela não falava dos enjoos, nem se eu dava pulos na barriga dela — e se eu jogo bem futebol devia já naquele tempo dar muito pontapé. Então! Que coisa, né?

— É mesmo! Dá até pra desconfiar.

— Desconfiar do quê?

— Que ela passou a gostar de você somente no segundo dia...

Paulo sorri, ar misterioso. — Foi o que aconteceu comigo, comecei a desconfiar, sem saber do quê. Fiquei quebrando a cuca, olhando e tornando a olhar os retratos. Os nomes dos pais tavam lá: pai, Chodo, mãe, Inês — tava lá, bem escrito! De repente, me veio uma ideia: "Se a mãe ficou tanto tempo engessada, a bacia toda quebrada, como ela e o pai podiam fazer pra eu nascer? Como?". Fiz as contas, ela não tava boa ainda quando eu nasci, seis meses depois de ter perdido meu irmãozinho. Que negócio é esse, não entendia nada, estava assustado, com medo. Me deu vontade de perguntar pra Cleusa, mas ela tinha ido ao supermercado, e naquele tempo ela ainda não morava em casa. "Nasci ou apareci?", perguntei pra mim mesmo. Levei um sustão, que é isso, pô?! Apareci? Não nasci? Por quê? Por que não tinha nada anotado no meu álbum antes do meu nascimento? Onde está a maternidade, o número do quarto, a fotografia da porta com enfeite? Nada. Só eu em casa com dois dias, e nos braços da minha mãe tomando a mamadeira. Isso aí. Minha cabeça parecia um ninho de abelhas quando vão tirar o mel. Meu Deus, tudo ia e vinha. O que pensar, o quê? Principalmente não entendia como podia nascer seis meses depois do outro ter morrido. Não quis saber de nada, nem tomar lanche, nem sair. Cleusa, me vendo tão entretido com os álbuns, não pensou nada de mais e me deixou só. Era o que eu queria, ficar só com meus pensamentos, com aquela adivinhação pra resolver.

— E daí? Putz, que coisa, não?

— Daí, eu fazia a mim mesmo muitas perguntas e nada de encontrar resposta. Eu me respondia, mas também não queria essa resposta porque era a que eu tava querendo me dar. Lembrei de uma coisa da minha infância, quando era pequeno. Um dia fui ao orfanato com minha mãe levar roupinhas e uma das moças, que devia conhecer bem a vida da minha mãe, disse: "Esse tem sorte...". Depois, parou de falar, eu vi minha mãe olhar esquisito pra ela e a moça ficou sem graça. Naquele tempo não entendi, mas nesse dia, na confusão da minha cabeça, me veio aquele pensamento: "Será que eu era órfão? Vai ver que sim, é isto, eu era órfão, por esse motivo não encontrei nada sobre meu nascimento, somente retratos dos dois dias pra diante.

Decerto minha mãe morreu quando nasci... Mas e o pai? Onde ele andava? Então, eu não era filho da barriga?" A mãe e o pai iam chegar daí a pouco, eles vinham pro jantar. "Como devia me comportar?" Eu mesmo não sabia.

— Que confusão, Paulo!

— Confusão? Pô, nem sei como aguentei. Devia falar?... Ficar quieto? Estava ainda sem saber o que fazer, quando eles chegaram. Vinham alegres porque traziam a vó com eles, as meninas cheias de novidades, falando dos animais do sítio da madrinha, cabritos, coelhos. Vinham dispostas a contar e eu pouco amigo pra ouvir. Queria pensar. Quem sabe se a avó me ajudava a resolver? Quando eu ficasse só com ela, ia perguntar. Todos estranharam meu jeito.

— Como você tava?

— Sei lá, sério, emburrado, querendo dar murro em todo mundo. Quando a Sílvia veio falar comigo, empurrei ela, dei um tapa na pobrezinha da Ester, mandei as duas calarem a boca e tapei os ouvidos com as mãos pra não ouvir mais nada. A mãe veio perguntar, assustada, por que aquela confusão, o que eu tinha e por que brigava com minhas irmãs. E eu respondi...

— ...o quê?!

— Que se ela queria assim, bem, se não eu ia embora daquela casa onde ninguém gostava de mim. Ela pensou que fosse ciúme por qualquer coisa, por eu não ter ido com elas na viagem. Perguntou pra Cleusa o que eu fiquei fazendo durante o dia. A empregada respondeu que eu tinha ficado vendo fotografias, lendo revistinhas.

— Você foi muito esperto. Quem ia descobrir, vendo álbum de bebê, que é filho adotivo?

— Foi assim como um raio, a ideia veio e quebrou tudo dentro de mim. Um dia, vi um raio cair num pinheiro e rachar a árvore de alto a baixo. Aconteceu assim comigo, quando vi, já sabia e tava rachado. Parecia que nunca mais ia endireitar nada, nada! Então, fiquei outro. Com raiva de todo mundo, do pai, da mãe, das irmãs. Brigava, respondia mal, não queria nem beijar minha mãe. Odiava meu pai, tinha raiva das meninas, mais delas ainda do que do resto. Na escola, então, eu não era mais aquele aluno. Deixei de estudar, faltava às aulas. A minha mãe foi chamada na escola, queriam saber o que estava acontecendo. Ela também queria saber. Fui chamado para ter uma conversa com a orientadora, com a psicóloga e nada! Meu pai veio falar comigo: "O que está acontecendo, meu filho? Você era tão bom menino, agora, de repente, muda tanto, está nervoso, briga com todos, com suas irmãzinhas que gostam tanto de você. Por quê? O que há com você?". Eu bem que sabia, mas não queria falar. "Vamos, fale, diga o que você sente."

...Me deu uma raiva, tava furioso dentro de mim. Pô, dizer o que sentia? Enganado todo esse tempo e descobrir por mim mesmo essa mentira, baita mentira, eu não era filho deles! Era só filhinho, meu filho, meu único filho homem... Tudo fingimento, por que, não sei, fingimento da mãe, do pai e até da avó. E ele insistindo:

— Fale, se abra comigo, sempre fomos companheiros, amigos.

— Pô! Não quero! Não tenho nada pra falar! — respondi áspero. E saí batendo a porta. Minha mãe chorou muito, meu pai fechou a cara, ficou mais quieto, seus olhinhos ficaram mais miúdos, e a vó, nas férias, não sabia o que fazer comigo. Pra ela eu não respondia, mas também não dava bola, fugia dela. Minha mãe foi chamada na escola outras vezes. "Seu filho..." era o começo da conversa e eu ficava uma fera.

— Tenho nome — eu dizia —, me chamo Paulo. Ela não tem nada comigo.

— Como? Sou sua mãe. Então mãe não tem nada com o filho?

— Mas quem fez a desordem fui eu, eu que respondi pra professora, eu que briguei, eu que chutei o colega de propósito. Fui eu, ouviram bem, fui eu!

...Também as meninas sofriam muito, principalmente Ester. Ela era pequenina e quando vinha pro meu lado, eu dizia: "Vá embora, sua filha da mãe". Um dia, dei nela só pra ouvir a mãe dizer que tava arrependida de me pegar pra criar. Eu ainda não sabia como tinha sido, mas tinha certeza. Essa certeza aumentava dentro de mim, me pondo nervoso. Naquele dia em que bati na Esterzinha, minha mãe me aconselhou chorando, abraçou, beijou, mas não disse uma palavra contra.

Rogério ouve, cabeça baixa, amargurado. Era sua história, quase igual, com pequenas variações. Precisava saber o fim pra ver o que Paulo tinha feito pra viver outra vez numa boa com a mãe.

— Um dia, eu estava com dez anos, repetindo o 4º ano — continuou Paulo — quando ouvi o pai falar pra mãe: "Precisamos salvar este menino, ele está se perdendo. Por que será? O que aconteceu com ele?...". "Não sei", respondeu minha mãe chorando, "já me peguei com o Menino Jesus de Praga, ele bem sabe como o Paulo é um filho querido, até me esqueço, nunca me lembro que ele não nasceu de mim. Eu o amo tanto quanto as meninas." Mas, mesmo tendo ouvido isso, não aceitei. Era como filho, mas não era filho. Um dia me deu vontade de ir ao orfanato e fui sem minha mãe saber. Queria ver como viviam os órfãos e os meninos abandonados. Estavam bem ali, e eu pensei: "Por que fui morar com eles e não fiquei aqui, numa casa assim onde são todos iguais? Tudo tão pobrezinho...". Conversei com as crianças, todas elas falavam que queriam ter mãe e pai, nem que fosse emprestado, disse uma. Outra me disse: "Tem uma mulher que vem aqui e eu chamo ela de mãe. Gosto dela, ela traz balas, mas eu gosto mais porque ela me põe no colo. Agrado ela, ela me beija. Um dia vai me levar na casa dela pra ver a gatinha que ela tem. Quando a gatinha tiver filhinho, ela vai me dar um". Voltei mais pensativo, com a cuca mais atrapalhada. Pô, o que tava acontecendo? Eu tinha mãe de amor, não mãe de barriga, mas ela cuidou de mim desde que eu tinha dois dias. Gosta de mim. E eu com essa raiva?!... E as coisas iam mal, de mal a pior. Melhor dizer péssimas. Meus pais pensando em me internar num colégio, porque eu era muito mau com as minhas irmãzinhas. Daí, meu pai me chamou e disse que eu ia pro colégio interno e eu respondi que não ia.

— Puxa, você respondeu assim?

— Respondi e com maus modos ainda por cima. Mas ele insistiu. Disse que pela vontade da minha mãe eu não ia, mas ele via que eu tava me desviando, que eu tava perdendo meus melhores anos pra estudar e me tornar homem. Que eu não andava bom em casa e já que não queria ajudar, eles me dando amor e eu renegando esse amor, o melhor mesmo era me internar. Realmente nunca tinham pensado em se separar de mim, mas, se era pro meu bem, eles se sacrificariam.

— E daí? Você ficou de que jeito, o que você falou?

— Não falei mais nada porque vi que a conversa com meu pai era séria, pra valer e ele não ia abrir mão. Tinha que ir pro colégio interno e fim de papo. Não sei como nesse tempo todo não apanhei nenhuma vez. Somente conselhos da minha mãe, choro da vovó e, às vezes, um castigo, não ver televisão, não poder sair. A rua estava quase proibida. Bem merecia apanhar, se merecia! Agora vejo como eles me amavam. Procuraram me entender, me ajudar.

— Seu pai é bravo?

— Bravo? Não, ele quer tudo direito, na linha, tem paciência, sabe esperar. Minha mãe diz que ele é japonês e por isso é paciente. Somente pensou em me pôr no colégio quando viu que eu não ouvia mais nada do que eles falavam.

— E daí, você foi?

— Se fui! Quando meu pai diz sim é sim; ele é bom, mas não é de brincadeira. Fui, fiquei lá dois anos.

— Foi ruim?

— Foi, foi danado de ruim. Eu estava revoltado, com raiva de todo mundo. No meu pensamento e no meu coração só tinha raiva. Raiva de tudo e de todos. Levantava com o pé esquerdo, como se diz. Levantava me comendo de raiva, não tinha colegas nem amigos. Nada!

— Pô, que vida, hein?! Como você saiu dessa?

— Depois eu conto. Não tinha amigos, nenhum. Batia nos colegas, brigava e era expulso da sala de aula. As minhas notas eram baixas, respondia pros professores, daí chamavam meus pais que iam ao colégio conversar. Minha mãe chorava, coitadinha. Mas você pensa que eu tava contente? Tava não, eu também tava descontente comigo. Tinha raiva de mim.

— Eu também, eu também tenho remorsos do que faço, mas não posso evitar, quando vejo já fui ruim, mau, já briguei, já fiz minha mãe chorar. Tenho pena dela, podia tá sossegada sem mim. Por que me pegou pra criar? Por quê? Será que ela chora de arrependimento?

— Não, não é! Você tá enganado, elas choram de tristeza da gente estar errado.

— Você acha?

— Acho, não, é isso mesmo! Minha mãe me ama muito, sou seu filho. Sabe o que ela me disse? Depois eu conto, tá? Agora, preciso fazer a lição, tá na hora.

7

Rogério ficava só em casa de Paulo, lia, estudava um pouco, via televisão e passava horas pensando no que o amigo lhe contava e com saudades da família. Estava arrependido, mas não sabia o que fazer. Ia continuar lá sempre?... É verdade que os pais de Paulo nada comentavam. Era tratado como filho. Mas pensava em seus pais e irmãos: "Será que eles estão sentindo minha falta? Estarão preocupados? Aquela vez que foi à casa de um amigo sem avisar, a mãe ficou até doente de medo que lhe tivesse acontecido alguma coisa. E agora? Seis dias sem notícias! O que eles estariam sentindo?". Às vezes, voltava-lhe a desconfiança, estavam sentindo nada, nem se importando... outras vezes, chorava sozinho.

Enquanto isso, seus pais Dinorá e Giovani, além de darem parte à polícia, procuravam-no por todos os lados e em casa de amigos, pedindo informações e pistas.

Nada! Nem sinal do menino. Onde estaria? Procuraram na saída do colégio entre os colegas, talvez algum deles soubesse alguma coisa, mas nenhum deles pôde ajudá-los.

Dinorá chorava enquanto Giovani sentia-se descontrolado, com medo dentro do coração. Ajudados por parentes e amigos vasculharam todos os lugares onde ele poderia estar. A polícia, por seu lado, investigava. Tudo sem resultado.

Já haviam se passado seis dias desde que ele fora ao colégio e não viera para casa à hora do almoço. Como saíra zangado com a mãe, ela pensou que o atraso era proposital para assustá-la. Mas quando a noite chegou e ele não apareceu, ela se preocupou realmente.

O pai, ao regressar do trabalho, deu voltas pelo bairro, sem resultado; aí começaram suas grandes preocupações e as buscas continuavam infrutíferas, até agora.

Nesse dia, Rogério foi para o sítio da avó querida de Paulo. O fim de semana prometia ser ótimo e lá, na paz do campo, teriam tempo para conversar. Foi o que fizeram. Rogério estava ansioso para conhecer o final do caso do amigo, pois sentia vontade de voltar e esperava uma ocasião, um empurrãozinho, e esse viria das informações que o amigo lhe desse, como conseguira se recuperar, como ele voltara a ocupar o lugar de filho outra vez.

Debaixo de uma laranjeira, cheia de flores perfumadas, depois do café da manhã, conversaram e Paulo continuou sua história, que ele chamava de "minha novela".

— Você parou quando tava no colégio interno, putz da vida! Até com raiva de você mesmo.

— É isso, companheiro, não via nem céu azul, nem o açúcar era doce, tudo era cinza e amargo.

— Como você saiu dessa? — Havia ansiedade na voz do menino, assim como se ele quisesse apressar o que o amigo contava para também sair da sua! Voltar logo pra casa!

— Pois então aconteceu uma coisa. Minha avó disse que Deus escreve direito por linhas tortas. Um dia amanheci doente, febre alta, vomitando, dores na barriga. Não podia nem tocar com o cobertor. Parecia que eu ia morrer. Do colégio telefonaram pra minha mãe. Ela, aflita, ligou pro meu pai. Os dois foram logo ao colégio com um médico amigo deles que é meu padrinho. Chegando lá, o padrinho disse que eu estava com apendicite supurada, que precisava ser internado logo, pois estava mal, muito mal mesmo. Pediram uma ambulância e me levaram para o hospital. Eu não via nada.

— Pô, deve ser gostoso andar de ambulância, todo mundo afastando e a ambulância zummmmmmm, correndo. Acho que ela dá uns 130 por hora, não? Mas e daí?

Paulo acha graça no amigo. Como era garotinho!

— Bem, daí, chegamos no hospital. Eu devia ser operado imediatamente. A avó disse que até o pai chorou. Imagine que ele foi até uma janela, secou os olhos e fungou. Ela falou assim mesmo: "Seu pai fungou. Eu nem imaginava que japonês homem chorasse". A vó tem cada uma! Então homem japonês não tem lágrimas? Lógico que tem, não é? O pai chorou porque o médico disse só pra ele que eu tava muito mal. Meu padrinho e outros médicos me levaram logo para a mesa de operação. O meu padrinho não é cirurgião, mas assistiu à operação. Depois que sarei, ele disse que aqui dentro de mim a coisa tava feia, até cheirando mal, ele pensou que eu nem fosse escapar dessa. A mãe, coitadinha (a avó que me conta tudo, foi quem disse) chorava, o pai tentava consolar, mas ela só dizia assim, a vó não mente: "Meu filhinho está lá dentro sofrendo, eu queria estar perto dele, segurando a mãozinha dele. Me deixem entrar". Mas quem ia deixar ela entrar assim desesperada? Depois de duas horas eu saí da sala de cirurgia e fui pra uma outra chamada UTI, onde vão os doentes mais graves. Lá fiquei dois dias e depois passei pro quarto. A mãe não me deixou nem pra tomar banho em casa e nem pra comer. Ficou comigo no hospital. Acho que até xixi ela quase não fazia pra não sair de perto de mim. Agora escuta.

Rogério firmou-se mais no tronco da laranjeira. Florzinhas brancas caíram como chuvisco. Ele nem deu pela beleza das flores caindo, pelo perfume de mel.

— Sabe, uma noite, os médicos receitaram transfusão de sangue. Não tinham meu tipo, escuta só essa, o O negativo, e precisavam, com urgência, desse sangue. Então, a mãe falou que o sangue dela era O negativo e ela podia me dar sangue. Os médicos examinaram e viram que era verdade. Então...

— ...e daí? Ela deu? Puxa!

— Daí, puseram uma cama perto da minha e enfiaram uma agulha no braço dela, outra no meu e foram passando o sangue dela prum vidro por um canudinho, depois pro meu braço. Eu abri os olhos um momento e vi minha mãe ali, perto de mim, dizendo: "Meu filho, meu querido filho!". Eu queria chorar, mas nem força tinha e fiquei outra vez dormindo. Depois melhorei um pouco. No outro dia, eu abri os olhos e vi minha mãe ali sentada, segurando a minha mão. Pois é, fui melhorando, sarei, ela sempre comigo dia e noite, não deixava a enfermeira fazer nada, só ela cuidava de mim. E o pai ia e vinha, me ajudava a levantar, a comer sopinha, a pôr aquele negócio de vidro pra eu fazer xixi. Pô, os dois lá e a avozinha ia e vinha também, e a alegria das meninas quando puderam me visitar. A Esterzinha levou uma boneca que ela gosta muito e colocou perto de mim, quis que eu ficasse com ela; e a Sílvia levou um livro que ela tem desde pequena e disse pra eu ficar com ele. Até pôs uma dedicatória no livro. Então, o padrinho um dia me disse: "Que bom ir para casa e ter uma família bacana como você tem. Isso ajuda o doente a sarar. Quem não tem família fica pior, custa a se recuperar. Sua mãe é muito dedicada e gosta muito de você. Eu disse a ela pra ir descansar em casa que a sua madrinha ficava com você. Ela não quis, agradeceu e disse que nunca deixa um filho sem ela. Você tem sorte, rapaz!". Lembro bem o que o padrinho falou. Nenhuma vez ouvi minha mãe me chamar pelo meu nome, ela só dizia assim: "Meu filho, meu filhinho, sare logo para irmos pra casa. Você não volta pro colégio não. Vamos para casa logo, você vai ver como vou ser melhor mãe". Em lugar dela dizer que você vai ser bom outra vez, ela se culpava. Fui pra casa, sabe? Parecia até dia de festa. A casa brilhava, tinha duas florzinhas no meu quarto, a Sílvia que pôs num vaso, e na minha cama, o urso da Esterzinha. A Cleusa fez o doce que eu gosto e também pastel com queijo derretido, tudo, e eu como um príncipe, só faltava um cavalo de príncipe. Meu pai me carregou nos braços pra eu não subir os degraus, a avozinha chorava e ria, e minha mãe brigou com a Esterzinha porque ela se encostou na minha cama e balançou um pouco. Minha mãe tava louca de contente.

— E você, o que sentia?

— Eu? Eu nem me lembrava mais nada, se era filho da barriga ou não, o que eu queria era estar perto da mãe, ela me fazendo cafuné, sabe o que é isso? É coçar a cabeça da gente. A mãe fazendo cafuné, eu com a cabeça no colo dela e mais nada. O pai tomando minha temperatura, telefonando, eu deitado na sala vendo televisão, a vó trazendo um pratinho com doce de leite em quadradinhos como eu gosto.

— Então?

— Então, cara, tô eu lá, filhinho sim. E muito, muito querido. Imagine, até sangue da minha mãe eu tenho! O negativo, tá aqui nas veias, correndo vermelhinho de lá pra cá. Então, não sou filho? Sou sim e muito. Contei depois pra minha mãe por que eu andava bravo, mau, e ela disse que foi bobagem minha, sofri à toa, que ela sempre me amou como filho e nem se lembrava que eu não fosse e por isso não me contou nada. Pouca coisa ela falou, tava muito comovida. "Eu criei você, você é meu filho, de seu pai, nós o amamos. Sabe, Paulo, eu fui escolhida pra ser sua mãe", e deu risada, feliz. "Quando peguei você no colo, você me olhou com seus olhinhos verdes e parecia me dizer: 'mamãe, gosto de você'." Nos abraçamos, rimos, choramos e, depois que sarei, voltei pro colégio. Já tava cansado de ficar em casa. É verdade que os colegas foram me visitar. Foi muito bom, mas eu queria jogar futebol, nadar, o padrinho disse pra eu esperar uns tempos.

Rogério escutando, olhos vermelhos de lágrimas contidas. Ele tinha vontade de voltar, mas como? Como arranjar uma apendicite... Se ao menos cortasse a mão, quebrasse uma perna, qualquer coisa assim.

— Paulo...

— O quê?

— Se eu voltar pra casa, você acha que a mãe me aceita?

— Se aceita? Ela até tá doente, eu sei que ela tá de cama por sua causa. Lá na escola falaram isso.

— Tá mal? Não morreu, não?! — e os soluços já subiam do peito.

— Não, que é isso, cara, tá doente dos nervos.

— Acho... eu... acho que vou voltar.

— É isso, é isso aí, vamos falar com seu pai?

— Ele vai ficar bravo?

— Qual! Ele vai gostar que você volte. Vamos! Assim, você volta hoje mesmo e amanhã já pode ir assistir ao jogo do Corinthians com seu pai. Ele é corintiano roxo, não é?

— É, eu também — e já sem vergonha esconde o rosto nos braços e soluça alto, tirando do peito todo o arrependimento do seu gesto impensado, mas levado pela dor, pelo sofrimento de pensar que não era filho biológico, e sim adotado.

Paulo passa o braço pelos ombros do amigo e espera até ele melhorar. Em seguida, diz: "Vamos ver o pai? Ele resolve a situação". Encontraram Chodo cuidando das árvores, pincelando-as com cal.

— Pai!

Ele logo notou os olhos vermelhos do menino e percebeu o tom ansioso da voz do filho.

— Pai! Rogério quer voltar pra casa dele!

— Que bom! Seus pais vão ficar muito felizes, devem estar sofrendo muito. O que você vai fazer?

Rogério para, meio assustado. O que vai fazer?... Como falar com o pai... ele é meio durão, será que vai ficar bravo? Será? Está confuso, com medo. A mãe, essa vai chorar, e os irmãos vão ficar contentes. Só está preocupado com a reação do pai. Chodo lê no seu rosto de criança a confusão que lhe vai na alma, e resolve ajudá-lo a se encontrar.

— Você vai dar grande alegria aos seus pais, está preocupado por quê?

— O pai é meio bravo.

Chodo dá risada.

— Ele não vai brigar com você não, vai abraçá-lo, isso sim, vai ficar muito feliz, muito mesmo, eu lhe garanto — e olha para Rogério, que fica vermelho. —Depois, mais tarde, qualquer outro dia pode ser que venha a bronca, mas antes, não.

— O senhor... desculpa, o senhor me leva?

— Levo, como não! Levo sim, quando você quer ir? Hoje?

— Agora!

— Ótimo! Assim que eu gosto, menino decidido. Vá buscar suas coisas, diga até logo e vamos. Estou esperando no carro.

Paulo está tão feliz que sorri sem parar. Vai ajudar o amigo a preparar sua mochila. Rogério despede-se de todos e toma o caminho de volta. Uma hora depois está em sua casa. Chodo deixa-o na porta e sai discretamente.

O primeiro a ver Rogério é seu irmão menor, Rodrigo, que corre pela casa, gritando: "Rogério voltou, ele taí, mãe, ele taí com a mochila!".

Todos correm. O menino ainda está parado na porta como Chodo o deixou e é arrastado para dentro, abraçado, beijado. De repente, ele se vê nos braços da mãe e os dois soluçam juntos. Somente na hora do jantar vê o pai, que logo foi informado da boa notícia, mas não pôde deixar o trabalho. A alegria imensa de sua volta não foi perturbada por nenhuma repreensão.

Depois do jantar, a sós, ele e os pais, a hora das explicações.

— Por que você fez isso, filho?

— Pensei que ninguém gostasse de mim porque não sou filho.

— Como não é filho, e é o que, então?

— Um menino que vocês pegaram no orfanato.

— E que diferença faz? A gente pegou você pequeno, trouxe pra casa e o tratamos como filho. Sua mãe lhe dava banho, trocava sua fralda molhada, dava mamadeira, punha você no berço, e à noite, quando você chorava — e como foi manhoso! —, era minha vez de cuidar de você, de trocar-lhe as fraldas, de dar mamadeira, de ninar. Ela de dia, eu à noite velando pra você aumentar de peso, pois veio magrinho, lidando pra ficar corado, e como nos alegrávamos com o desenvolvimento de sua inteligência. Com sete meses, você começava a pronunciar mamãe, papai, imagine, nenhum outro dos nossos falou depressa assim.

Rogério ouviu aquelas palavras — nenhum outro filho —, para eles não havia diferença. Ele era, ele é filho. Que importa a tal barriga?

— Mamãe, faz diferença ser filho da barriga?

— Qual! Filho, você é filho do coração, está bem? Que diferença faz? Tolinho, você foi criança, você é criança, nos deu um sustão, isso sim. Bem que merecia umas palmadas.

— É mesmo! Desculpa, eu tava arrependido, querendo voltar. Agora nunca mais saio. Sou filho de vocês, filho mesmo.

— Está bem, Rogério. Não faça mais isso de nos deixar, porque perder um filho é a maior dor, é o pior que pode nos acontecer.

— E pro filho é triste perder os pais, eu sei; fiquei sozinho, pensando que não tinha pai e nem mãe.

— Coitadinho! — e Dinorá o abraça e beija outra vez. Depois ele vai para os braços do pai.

— Agora, vá dormir, amanhã avisaremos na escola que você...

— ...como vai dizer, mamãe?

— Ainda não pensei. Como você e seu pai quiserem. Que você acha?

— Como ele quiser, Dinorá, ele quem sabe.

— Bem, o que eu acho, eu acho... Pois já sei, vou contar a verdade pra todo mundo. Todos precisam saber que meus pais gostam de mim e muito. Que pra eles não importa que eu seja da barriga ou do coração.

— Gostamos mais do que você pensa, seus irmãos também e todos da família.

— Agora, só nos falta mais uma conversinha. Como você soube? Nós íamos contar-lhe nas férias, com tempo, em paz, dando-lhe toda assistência.

— Pois foi assim, aquela empregada que foi embora, que tinha um filho, a Joana, disse que vocês bem que podiam pegar o filho dela pra criar como me pegaram no orfanato. Ela disse isso com um ar maldoso, fiquei até com medo. Comecei a chorar, disse que era mentira e ela então falou pra eu perguntar pra mãe dela, que a mãe dela era lavadeira no orfanato onde vocês me pegaram. Se eu quisesse ter certeza, ela me levava no orfanato. Então, eu sofri muito, pensei que vocês não gostavam de mim e comecei a pensar em ir embora. Um dia papai tinha ficado zangado porque eu briguei com o Rodrigo. Eu pensei, ele é filho dele, eu não sou, vou embora. Arrumei a mochila e fui. Aí o Paulo me levou pra casa dele, mas eu fiz ele jurar que não contava nada e ele jurou. Eu fiquei lá, eles foram bons pra mim, o Paulo também é filho adotivo.

— E ele vive bem?

— Muito, mamãe, ele se dá bem com o pai, com a mãe e é muito querido.

— E você, filho?

— Eu... eu também, como ele, sou filho do amor, não sou? Ele me disse assim que vale até mais do que ser da barriga. Mamãe, o Paulo contou que a mãe dele fala que ela foi escolhida pra ser mãe dele, você também e o papai foram escolhidos pra serem meus pais! — e havia alegria e paz na sua voz.

BIOGRAFIA

Nascida em Igarapava, interior de São Paulo, em 1913, Odette de Barros Mott mudou-se ainda criança para a capital paulista. Iniciou-se na literatura infantil e juvenil em 1949, quando publicou *Aventura no país das nuvens* e *Princesinha*. Sua obra, desde esse tempo, rapidamente alcançou o reconhecimento do público e da crítica.

Professora por formação, Odette de Barros Mott dedicou-se ao magistério e também à família, sem nunca deixar de lado a literatura. Foram seus oito filhos, inclusive, os responsáveis por incentivá-la a escrever suas histórias — das quais era excelente contadora, desde criança.

As temáticas da sua obra sempre foram bastante amplas, e vão desde a questão do migrante, passando por histórias de mistério e narrativas históricas, até situações e dramas do cotidiano, como o tema das crianças adotadas, por exemplo. Seus livros, de modo geral, representam a preocupação em debater questões que envolvem, direta ou indiretamente, a juventude brasileira.

A autora sempre buscou ter participação ativa nas questões relacionadas à divulgação e ao incentivo da literatura para crianças e jovens, a qual acreditava ser uma excelente forma de conscientização e de discussão dos problemas que os afetavam. Como prova desse engajamento, Odette ajudou a fundar e foi presidente do Centro de Estudos de Literatura Infantil e Juvenil (Celiju).

Com uma obra vasta, que inclui mais de 60 títulos, a escritora paulista conquistou inúmeros prêmios entre eles o Prêmio Monteiro Lobato, concedido pela Academia Brasileira de Letras, e uma menção honrosa do Prêmio Internacional Hans Christian Andersen — e atingiu a impressionante marca de mais de 1 milhão de exemplares vendidos.

Odette de Barros Mott faleceu em São Paulo, em 1993. Publicou pela Editora do Brasil *A história contou*, *Férias do orfanato* e *De onde eu vim?*, agora reeditado com novo projeto gráfico e novas ilustrações.